KB197367

여백에 삶을 그리다

한현희

오선문예

추천글

시인 한현희 시인님 첫 시집 "여백에 삶을 그리다 " 는 한장한장 백지를 채워가는 문장이 먹빛 구름 길을 걷다가 조금은 어둡고 더러는 그늘진 곳이 많아 화사한 외모보다는 그 속내는 자신과 무단히도 싸우고 있지만 그러면서도 생의 의미를 찾아가는 흔적과 여린 여자의 심성을 글로 풀어내는 재미가 있는 시집이다

잘 살기 위한 몸부림과 수시로 자신에게 회초리를 들어 담금질하며 중년을 넘어가는 한현희 시인은 글에는 글 속에서 존재감은 찾고 한가닥 희망을 품어 매사에 매진하는 모습이 어쩌면 제 1집 발간은 도화선에 불을 당기는 신호탄이 될 것이다

과거와 현재를 성찰하는 글 속에서도 한현희 시인은 인간의 속마음을 가감하게 표현하고 펼치면서 공감대를 형성하는 것 같다

더 깊이 고뇌하는 글 속에서 인간의 감성을 담대한 표현으로 생각을 확장하여 시어 하나하나를 쉽게 내 놓지 않고 다듬고 퇴고하는 시인이 가져야 할 덕목을 두루 갖추었다

글 속에는 지극한 효심 반듯한 삶 역경을 딛고 희망의 길을 찾아가는 진정성 있는 삶의 자세가 흔들림 없이 어둡고 그늘진 사회에 촛불 밝히는 시인으로 남아 주길 바란다

시인의 말

삶이란 몰아쳤다가 숙연해지는
바람일 수도 있습니다
그 곳에서 행복과 불행이 교차하고
이런 저런 일들이 희망으로 거듭나겠지요

여러분들은
삶의 여백에 무엇을 그리고 계시는지요?
부디 본인이 만족하는 모습으로
채워지길 바랍니다

저 또한 새로운 도약의 발판이 되기를
간절히 바라봅니다.

한현희 시인

목차

1부 가족//어이 마음을 기대시려나

2부 사랑//천만 번을 스치고 찾은

3부 먹빛 가슴// 달빛마저 마음 시리게 하는

4부 삶//여백에 삶을 그리다

1부
가족

어이 마음을 기대시려나

피가 물보다 진한 건 맞지만
피가 물보다 맑지는 않더라
–어이 마음을 기대시려나 중에서

할미꽃 당신 1

작고 연약해 보이는 모습이지만
단단한 강인함이 있습니다

꺼질듯한 희미한 불빛이지만
강한 유연함의 지혜가 숨어 있습니다

이제는 세월의 흔적을 감출 수가 없어
인고의 시간이 깊은 주름 속에
한숨으로 남았습니다

여자로 아름답게 살지 못했음을
어린 자식들과 놀이동산 한 번
제대로 가지 못하고 살아 왔음을
아직도 안타까워하시는 마음
내가 부모 되니 깊게 헤아려집니다

차마 으스러질까
꼭 안아보지도 못할 작은 몸이지만
그 모진 세월 다 견뎌낸 억척스러운
당신을 존경합니다

총명하고 지혜로운 당신
사물을 정확하게 보는 눈과
우아하고 잔잔하게 다스리는 낮은 음성
좋은 말만 듣고 싶었던 당신입니다

돌아서서 눈물짓는
못난 자식의 가슴이 무너져 내림을
당신은 모르셔도 됩니다

이대로 시간이 멈추기만을 바라며
지나간 세월은 남은 세월이
행복으로 덮을 수 있기를
그저 두 손 모아 빌고 빌어 봅니다

사랑합니다
할미꽃 당신을

할미꽃 당신 2

외로움을 들일에서 달래고
고독함을 질펀한 시장통에서 씻는다

고단함과 서운함을
가슴 깊이 감추며
애써 목소리 높여본다

노심초사 걱정으로 새우는 밤
뜬눈으로 새벽을 맞이하지만

오늘도 어제처럼
무거운 다리 이끌며
사나운 세상살이에 힘껏 몸 던진다

높이 날아 세상을 품어라

그 힘들고 힘든 상황에서도
스스로 깎고 깎아 환하게 빛나는
보석으로 거듭나니 기특하구 대견하구나

사랑도 관심도 충분히 주지 못해
늘 가슴 한편이 미어졌었는데
너는 어느새 애벌레의 옷을 벗고
화사하고 고귀한 나비가 되었구나

훨훨 날아라
세상을 다 네 품에 가둬라
높이높이 날아라 네가 스스로 빛나
화사하고 고귀한 나비가 된 것처럼
그렇게 세상을 품어라

그리하여 너로 하여금
세상도 찬란하게 눈이 부시길
그 어느 것도 너를 사랑하여
항상 마음이 충만 하기를

영원히 그렇게
아름답고 아름답게 살아가기를

어미라는 죄

체한 듯 가슴을 치며
악을 쓰듯 소리 지르지만
소리가 되어 나오지 않아

허공을 향해 던져진 그것들은
메아리처럼 다시 돌아와
더 깊숙이 눌러앉는다

누가 알아 줄 이 없는 이 불덩이들
참고 참다가 터진 곳은 어미

난 어쩌다가 아픈 손가락이 되어
어미의 가슴을 찢어 놓는가

난 어쩌다가 그 작고 여린 영혼에
의지하며 폭발하는가

분노와 서러움은 시뻘건 용암이 되어
태우고 또 태운다

한없이 넓기만 한 어미란 대지로
뜨거운 불덩어리들을
하염없이 쏟아붓는다

너무 늦었다 힘없이 녹아내리는
어미의 영혼을 끌어안고
오열할 뿐이다

지치고 지친 그 영혼이
나를 감싸 안으며
어루만지고 토닥인다

내가 살겠다고 난 또다시
어미를 불구덩이로 밀어 넣었다
내가 살겠다고 그 작고 여린 어미를

가슴을 치며 후회한 들
나의 수많은 죄가 사라질까

어미의 죄는 무엇이었을까

데칼코마니

노심초사
아등바등
전전긍긍

화장기 없고 웃음기 없는
무뎌진 감정과 손과 발

깊은 주름과 검게 그은 얼굴
구부정한 허리

오늘도 엄마는 한숨을 입에 달고
눈물을 가슴에 품고
그렇게 버티신다

엄마처럼 살기 싫어
그렇게 다짐했거늘

노심초사
아등바등
전전긍긍

화사한 화장과 웃음기 없는 나
잃어버린 감정과 자신

그렇게 노력했는데
피하고 피해 돌고 돌아
결국은 엄마의 옆자리네

오늘도 난 한숨을 입에 달고
눈물을 가슴에 품고
그렇게 버티고 있다

아빠는 늘 그러셨어

아빠는 멀게 느껴진다고
아버지라 못하게 하셨지

사위를 보고 손주를 봤어도
언제나 우리에겐 아빠였어

아빠는 늘 그러셨어

집으로 올라가는 신작로에서
담배 한 개비 물고는
하염없이 기다리셨지

이제나저제나 애태우며
몇 개비의 담배를 태우셨을지

그래서 우리는 일부러
동네 어귀에 들어서야
소식을 알렸어

아직도 눈에 선한데

그리움이 반가움에
눈물짓던 그 모습이

환하게 손짓하며
웃으시던 그 모습이

아리고 아린 그리움으로
아빠의 자리에서
담배 한 개비 태워드려

어이 마음을 기대시려나

노모는 달이 둥글어진지도 모르고
오늘도 굽어진 몸 부여잡고
부지런히 동분서주할 것이다

자주 낯도 보이지 않으면서
감 놔라 배 놔라 하는 자식들 등살에
헛헛한 마음
찬밥에 물 말아 꾹꾹 삼키실 게다

그렇다고 형제들이 살갑지도 않아
서로 눈치 보기 바쁘고
각자도생으로 아는 척 없고

피가 물보다 진한 건 맞지만
피가 물보다 맑지는 않더라

불효에 불효를 더하는 이 순간도
나는 내 서글픔만 생각하고 남탓을 한다

헤아려지는 마음과 먹먹해진 가슴에
쓴 울음 삼켜지는데
노모는 어이 마음을 기대시려나

슈룹

커다란 슈룹이고 싶었다
따뜻하고 사랑이 가득한

그 누구도 침범할 수 없는
튼튼한 요새가 되고 싶었다

하지만 나의 한계 위로
그들은 날개를 달고 날아간다

모진 풍파와 시련 속에서
헤매다 돌아오면 언제라도

여전히 나만의 슈룹을 펼치고
그들을 품으리라

* 슈룹 - 우산의 순 우리말

비 오는 시골의 밤

얄궂은 비바람은
곳곳에 자신을 확인하려는 듯
오래된 기와집을 두들리고 다니며
온갖 소리들을 만들어 냅니다

낮의 소리는 경쾌하다 못해
풀잎들마저 춤을 추고
바람과 빗방울들의 합창에
없는 감성도 끄집어 냅니다

밤의 소리는 고요함 뒤에
공간이 흡수한 소리를 뱉어내어
공포와 소음으로
심장을 두근거리게 합니다

낡은 사물들의 아우성치는 소리
도시에서의 소리에 익숙해져서 일까
시골의 적막함이 밤잠을 설치게 합니다

안부

시렸던 마음 정리하며
수많은 시간이 지나
안부를 묻는다

어제 연락했던 것처럼
반갑게 받아주는 너에게
마음이 평안을 느낀다

길고 긴 수다에도
묵묵히 들어주고
격려를 아끼지 않는구나

노란 개나리 흐드러지게
쏟아져 내릴 때
문득 너 같다고 생각하며

따뜻하게 감싸는 부드러운 바람에
마음을 띄워 보낸다

참 많이 보고 싶다

소중한 그녀들

그녀의 하얀 서릿발 위로 서러움이
그녀의 야윈 어깨 위로 외로움이
그녀의 주름진 손등 위로 힘겨움이
그녀의 촉촉한 눈가 위로 아픈 사랑이
그녀의 굽어진 허리 위로 삶의 무게가

고스란히 전해지는 이 까닭은
고스란히 느껴지는 이 아픔은

두렵고 두려워 더 큰 짐으로
또 다른 그녀에게 갈까 봐

간절히 간절히 원하노니
좋은 것만 이쁜 것만 닿기를

그녀의 모든 슬픈 삶이
내 품 안에서 내 손 안에서
평화롭게 고이고이 잠들기를

엄마의 병상

봄 꽃나무 대신 링거 줄을 치렁치렁
엄마는 그렇게 봄을 보내요

삐거덕 거리는 낮은 보호자 침상은
내 몸에 맞춘 관처럼 불편하기만 해요

집에 있는 모든 것을 걱정하느라
심란하기만 한 울 엄마

혼자 계시기에 걱정스럽고 안타까운
자식들은 가슴이 미어지고 눈물이지요

나이 들면 쇠심줄처럼 질겨지는 고집에
이해가 되면서도 답답하네요

어느 날 그 꼿꼿했던 자존심도 아가 볼처럼
부드러워질 때가 올 걸 알기에
먹먹함으로 손잡아드려요

2부
사랑

천만 번을 스치고 찾은

의미를 부여하고 나니
의미가 사라져 버리네
-그 가벼움에 지쳐 중에서

천만번을 스치고 찾은

당신의 매력에 빠져 허우적거립니다
그 따뜻함에
그 자상함에
그 독특함에

나를 놓아 버리고 달려갑니다
비슷한 생각과
비슷한 감성과
비슷한 언어로

우리는 하나가 됩니다
그 많은 시간을 돌고 돌아
그 많은 아픔을 견디고 견디어

서로를 찾아낸 우리입니다
다시는 놓고 싶지 않은
다시는 상처로 아프고 싶지 않은

당신과 나
그렇게 하염없이 서로를 품고 품어
사랑으로만 가득 차 있길 바랍니다

그렇게 나무처럼

마음이 어지럽습니다
풍랑이 이는 바다에 조각배처럼
많은 생각들이 기우뚱거립니다

마음이 심란합니다
허허벌판에 홀로 길 잃고
헤매는 내가 있습니다

마음이 진잔해집니다
칠흑처럼 어둡고 지친 나를
찬란하게 빛나는 별빛으로
이끄는 당신을 봅니다

마음이 요동칩니다
당신을 향해 한 발 내딛는 나
당신에게 계속 걸어가도 되겠습니까

거기에 그렇게 나무처럼
우뚝 있어 주길 나와 당신을 위해
그래 주길 마음이 바랍니다

당신과 나

그런 때가 있었던가
보기만 해도 어쩔 줄 몰라
헤어지기 싫어 눈물로 안타까워하던

두 손 손깍지 끼며 수줍은 미소와
따스한 눈빛으로 순수했던
서로의 머리카락을 쓸어 올려주며
한없이 바라보고 바라보기만 했던

현실에 부딪혀 서로를 이해하지 않고
관심과 사랑은 저 멀리 사라져
쓰라린 말과 차가운 눈빛으로
서로의 가슴에 상처를 만들어

그럼에도 불구하고
간절히 사랑함을 알게 되나
다시는 돌아갈 수 없어 울부짖는 심장을 부둥켜안고 안녕을 고하니

다음 생에는 절대로 만나지 않기를
이렇게 힘든 사랑 하지 않기를
이 아픔 다시는 겪지 않기를

나의 어른 왕자

생글생글 너의 눈웃음
큰 눈망울 순둥순둥 귀여워
눈가의 잔주름은 어쩔 거야

눈 감아도 눈 떠도
항상 웃는 너의 얼굴이 생각나
나만 보고 웃어라

순간 날카롭게 빛나는 너의 카리스마
시크하고 차가운 눈빛이
나를 아프게 하기도 하지
나한테 그러지 마라

손도 많이 가는 너
여기저기 커다란 블랙홀이
네가 세 명은 있는 거 같아

오늘도 물가에 내놓은
어린아이 같아서 돌아오는
발걸음이 내내 무거웠어

늘 보고 싶어 나의 어른 왕자

나무처럼 있겠다더니 1

거기까지가
당신의 한계였나

나무처럼
그 자리에 있겠다더니
그늘이 되어 주겠다더니

뿌리째 흔들려 뽑혀 버렸나
당신이 뿌린 씨앗이

제대로 싹 틔우고 꽃피워
열매를 맺을 줄 알았는데

어리석게도 믿고 의지하다니
영원한 게 어디 있으랴

다 순간과 찰나일 뿐
어느 날 다시 찾아온다 한들

이미 흔적 없이 흩어져
허망한 눈물자국만 남아 있으리

나무처럼 있겠다더니 2

울적한 내 마음을 살피며
눈물보다는 미소가 아름답다며
화사한 꽃을 피워 즐겁게 하더니

쓸쓸한 감정에 허우적기리면
푸르고 청아한 싱그러움으로
생기를 북돋아 주더니

삶이 힘들어 주저앉을라치면
풍성한 열매 한 아름 안겨주면서
심신을 편하게 만들어 주더니

사시사철 조용히 내 머리 위에
그늘 만들어 보살피더니

어느 날 찢기고 말라가며
내 곁을 떠나버린 당신

나무처럼 있겠다더니
그 약속 잊은 듯
활활 타버려 흩어지더라

표현

말하지 않으면 모르는 거야

나를 바라보는 마음이 없으면
안 보이는 거야

너의 그 깊은 마음을 어찌 알겠어
내 마음도 모르는 걸

너의 그 깊은 아픔을 어찌 알겠어
내 상처가 너무 커서 보이지 않아

너의 그 깊은 사랑을 어찌 알겠어
표현하지 않으면 모르는 거야

혼자 생각하고 표현하지 않아서
말하지 않아서 멀어져 버리는
그런 어리석은 짓은 하지 말자

말하지 않으면 모르는 거야

어쩌다가

어쩌다 너를
내 마음에 담았을까

그냥 스쳐 가도 누구 하나
뭐라 하지 않았을 텐데

어쩌다 너는
나를 보았을까

무심히 지나쳐가도
서운하지 않았을 텐데

어쩌다 우린
붉은 실에 엮이게 되어
인연이란 걸 알게 되었을까

어쩌다 여기까지 오게 되어
서로가 아니면 안 되는
사랑을 하게 되었을까

어쩌다가

바람 1

그 사람 잘 있니
그 사람 곁에 갈 거거든

내 허무한 모습은 담고 가지 마
내 한숨과 눈물은 담고 가지 마
절대로

내 잘 있다는 거짓말도 담고 가지 마
내 사랑했던 마음도 담고 가지 마
절대로

그 사람을 스쳐 가더라도
내 슬픈 향기는 담고 가지 마
꼭 피하고 피해서

그 사람이 나를
영원히 기억하지 못하도록

절대로
나를 담고 가지 마
절대로

바람 2 (부제 : 절대로)

그 사람 잘 있니
그 사람 곁에 갈 거거든

내 허무한 모습은 담고 가지 마
내 한숨과 눈물은 담고 가지 마
절대로

내 잘 있다는 거짓말도 담고 가지 마
내 사랑했던 마음도 담고 가지 마
절대로

그 사람을 스쳐 가더라도
내 슬픈 향기는 담고 가지 마
꼭 피하고 피해서

그 사람이 나를
영원히 기억하지 못하도록

절대로
나를 담고 가지 마
절대로

사랑 한 스푼. 관심 두 스푼. 마음 세 스푼

일상의 사소함을 함께했는데
사랑 한 스푼 빼니 할 말이 없어

하루 종일 그를 따라다니던 눈은
단 한 번 맞춤 없이 피하기 바쁘지

관심 두 스푼 빼니
부담스러운 불편함만 남아 있군

마음 세 스푼 빼니 감당할 수 없는
상처가 나를 기다리고 있어

마음이 관심이 사랑이
이렇게 모든 걸 지배하고
이렇게 모든 걸 앗아갈 줄이야

아픔이 힘듦이 이별이
그 자리를 채워버리니

다시는 아프고 싶지 않아
결국 나를 다시 닫아 버려

연결 고리

모든 것과의 연결 고리
연결하기도 어렵지만
끊어내기에 더 고통스럽고
힘든 고리

생각 없이 연결 했다가
끝없이 괴롭고 지치는
관계의 고리

사랑을 담았어도
녹슬고 퇴색해져 가는
슬픔의 고리

신중하지 않으면 오히려
끌려다닐 아픔의 고리

자주 들여다보고
보살피고 다듬어야 하는
당신과 나 인연의 고리

이 죽일 놈의 사랑

다 주기만 한다는 사랑
다 받기만 한다는 사랑
때로는 이기적이라는 사랑
끝내는 집착한다는 사랑

처음 본 순간 서로를 끌어당기는
붉은 실의 전설

보기만 해도 행복해지는
지극히 기한이 정해져 있는
절대 영원하지 않은

관심이 지나치면 집착이라 하고
시간을 주면 관심이 없다 하고
배려가 부족하면 이기적이라 하고
시간이 지나면 끝내자고 하는

상처와 아픔으로 마음을
난도질당해도 놓을 수 없는
이 죽일 놈의 사랑

그래도 아름답다 사랑은

능소화 별리

귀한 몸으로 양반집 담장 위에
도도하게 군림하더니

하늘도 거스르고 타들어 가는
마음 훔쳐 간 임 앞에 활짝 피이

붉은 댕기 길게 땋아 놓아
임 곁으로 가고자 하는 마음 고우나

속절없는 기다림에
생, 다하지 못하고
툭, 눈물 꽃 떨어지다

블랙홀

시작은 호기심
자꾸만 끌리는 느낌이었어
강하게 무한정 빨아들이는
블랙홀이었어

네가 내 맘으로 들어와
요동치는 심장 소리
가슴에 손을 모으고
들릴까 봐 숨죽여

기대감으로 설렘으로
온몸이 붉은 복사꽃처럼 물들어가
그 미소와 부드러운 목소리
내 안에 담아두고

나를 심장과 함께 두겠다던 너와
흐르고 흘러서 그 어디라도 좋으니
그렇게 하나로 엉켜서
영원히 갇혀도 좋아

서로의 인 향이 깊게 스며들다

너에게서 향기가 나
킁킁거리며 너의 온 살갗에
코를 비비어도 싫지 않은

어느새 우린 같은 냄새와
같은 눈빛과 같은 생각으로
점점 닮아가

서로 참아주고
배려하고 인내하며 다독인
시간들의 보상이겠지

많은 것을 함께하는 우리
점점 닮아가는 우리

그 넓은 가슴 안에서
포근한 내 품 안에서

언제나 우리이길

바다로 가고 있는 강

너를 보내고 난 그 자리에
우두커니 서 있어
한 발자국도 옮기지 못해

아쉬움과 안타까움에
왈칵 쏟아지는 눈물
다시 돌아와 웃으며 안아 줄 텐데

나란 강이 흐르고 흘러
너란 바다로 가고 있나 봐
그 넓은 바다에 도착하면
웃을 수 있으려나

밤 하늘 별님에게 부탁해
가장 찬란한 빛으로
너를 행복한 길로 인도하라고

나를 숨 쉬게 하고 웃게 만드는
단 한 사람이 너라는 걸
별님은 알고 있을까

그리움

저 별빛은
그리움으로 내려와
내 공허한 마음에 은하수처럼
흩뿌려진다

저 달빛은
눈물처럼 쏟아져 와
내 서럽고도 서글픈 자욱들을
감싸않아 속절없이 흘러간다

별빛도 알고 달빛도 아는데
세상 모든 것이 다 아는 것 같은데
왜 너만 모르는 걸까

가을의 시작 그 어디쯤에서

여름의 끝자락과
가을의 시작 그 어디쯤에서
당신을 봅니다

세월이란 것이
당신과 나를 멀리 보라 하였다가
느닷없이 그리움을 확인하라
부추깁니다

쓸쓸하고 애틋한 마음이
한순간으로 와닿지 않기를

그저 가을의 어느 모퉁이
먼발치에서 서로의
안부를 묻기로 합니다

우리의 인연이 거기에 있음이니
애써 돌아보지 않기를 바랍니다

장미

가까이 오지 마시오
나의 한 맺힌 가시에 찔리면
어쩌시려오

하얗다 못해 투명한
나의 꽃잎이 서러움에
시뻘겋게 물드나니

뚝뚝
매혹의 보석처럼
검붉게 떨어지는 한을
당신 어찌 받으려 하오

슬픔이 아닌 아픔이 아닌
순수함에서 사랑과 열정으로
빨갛게 물 들으려 하니
당신 기다려주오

꺾으려 하지 말고 보살펴주오

천년의 붉은 달

달이 차오르는 보름밤에는
차가운 눈물을 흘리는 붉은 달을
품어야 했습니다

고통을 삼키고 회한을 내뱉고
허무하고 메마른 가슴에
붉은 달은 사정없이 헤집고 들어와

천년의 시간을 그렇게
내 안에 숨어있었습니다

다 비워야 다 게워내야
천년의 회한을 잊을 수 있답니다
지키고 싶은 게 무엇이었는지
그토록 기다린 것이 무엇이었는지

붉은 달이 알려주었지만
마른 벌판 같은 가슴은
그저 공허할 뿐입니다

인고의 시간을 겪은 붉은 달이
찬란하게 가슴 시리도록
하얗게 비추나니
그대 천년의 업에서
벗어나길 바랍니다

천년의 붉은 달도
진실한 사랑 앞에서는
그 가면을 벗어버리나니
그대의 가슴속에 순수한 만월이
가득 차기를 바랍니다

그대들의 믿음이 그리움이 사랑이
주문을 풀어낸 듯 빙하 같았던
천년을 녹입니다

* - 호텔 델루나 - 드라마 정주행 후

그럼에도 불구하고

그 사람의 독특함에 매료되기도 하고
힘들어지기도 하며 지쳐가기도 한다

가늠할 수 없는 변덕스러움에
당황하고 긴장하며 한숨짓는다

형용할 수 없는 매력에
허우적거리고 행복해하다가
그 늪에서 헤어 나오질 못한다

사랑이 지나쳐 관심도 아닌
집착과 힘든 괴로움만 남는다

현실에 부딪혀 서로 미워하게 되고
아프고 쓰라린 단어들을
쏟아내며 생채기를 만든다

이해하고 사랑하며 행복했는데
사랑은 가혹하다
남는 건 눈물과 이별뿐이다

그럼에도 불구하고 사랑한다 그대를

당신

두렵지 않았어
당신이 있기에

실망도 했지만
당신이니까

일으켜줄 거라 믿어
당신이

기대해도 되겠지
당신에게

인생이란 걸 써보자
당신이랑

모든 것은 너로부터 오는거야

이 험한 세상에
네가 있어 다행이야

지쳐서 움직여지지 않을 때
일어날 용기가 생기는 건
네가 있기 때문이지

아무리 힘든 일도 행복함으로
웃으며 할 수 있는 것은
너의 미소 덕분이야

미래가 불투명하고 현실이 불안해도
앞으로 나아갈 수 있는 건
네가 주는 믿음 때문이지

내가 좌절하지 않고 오뚜기처럼
바로 일어날 수 있는 것은
다 네가 주는 용기와 격려 덕분이지

내가 이렇게 너에게서
사랑과 힘과 용기를 얻어
삶을 꾸려가는 길라잡이로 여기듯

너도 내가 전하는 모든 사랑의 염원을
느끼고 받아들여
거침없이 앞으로 나아가는
인생의 좌표가 되길 바라고 바라

우리의 울타리

당신의 울타리에서
걱정 없이 살고 있어요

힘든 내색 없이 빙그레
웃고 있더니 밤새워 뒤척이는
모습에 속이 상하네요

스스로를 그렇게 채찍질하더니
음주에 의지하고
흡연에 스트레스 날리나 봐요

이제는 하늘도 보세요
앞만 보고 달리지 말고

가끔은 내 품 안에서 쉬어가도 좋으니
당신 시름 걱정 내려놓고
잠깐 단잠이라도 주무세요

당신 울타리 위에
내 울타리 견고하게 두를 테니
소박한 우리의 성 함께 지켜 나가요

3부
먹빛가슴

달빛마저 마음 시리게 하는

두 팔 벌려 가슴으로 안아도
허리 뒤로 빠져나가는 인연들
- 하루하루가 중에서

달빛마저 마음 시리게 하는

석류알처럼 타오르던
태양이 사라지자
산자락을 타고 온 스산함이
온 몸을 훑고 주위를 맴돌다 날아간다
어쩜 나를 닮았을까
어쩜 너를 벗 삼아 살아가는 나일까
싸늘하고 차가움만 가득 채워
단단히 빗장 걸어둔
얼음같은 이 마음은 누가 열어줄까
포근하고 부드러운
숨결이 그리워지는
따뜻한 위로의
한마디가 그리워지는
달빛마저 마음 시리게 하는
쓸쓸한 오늘이다

오해와 이해는 종이 한 장 차이

다 부질없는 것이었다

최선을 다한
배려와 이해와 사랑하는 것이

다 순간뿐이었다

내가 마음을 다한들
당신이 아니라 하면 아니었다

모든 걸 내려놓는 순간
공허함과 힘겨움이
한 줌 공기가 되어

숨도 쉴 수 없을 만큼
눈물도 안 나올 만큼
나를 짓 누른다

그 무거움이
길고 긴 한숨이 되어
허무하게 날아간다

아닌 척 살아갈 뿐이다

네가 웃는다 해서
내가 기쁜 건 아니다

네가 슬프다 해서
내가 우는 건 아니다

단지
내색하기 싫어서
표현하기 싫어서

그 길고 긴 사연을
어떻게
다 풀어낼 수 있을까

깊은
한숨 한번 삼키고는

그냥 슬프고
그냥 웃는다

이 그리움은

이 그리움은 너일까
너와의 추억일까
나의 기억일까

머리는 추억을 더듬으며
가슴은 너의 향기를 일깨우고 있어

하지만
슬프고 힘들기만 했던 추억은
머리에서 밀어냈고

너를 기억했던 가슴은 닫아버렸지
설레던 그 향기도 멀리 날려
아스라이 흩어져 버렸어

그렇게 우두커니 서 있어 나는

그 가벼움에 지쳐

사랑
흔하디흔한 감정이 되어 버렸나 봐
가벼움이 넘쳐 공중에 흩뿌려지네

진심
길가에 차이는 돌멩이보다도
가치가 없어졌나 봐

너 아니면 안 된다던 영원 하자던
그 뻔한 거짓말을 진심이라 믿었는데
차가워진 너의 태도에
그만 헛웃음이 나와

다시는
믿지 않으리라 다짐 해놓고
또 그렇게 무너짐에 화가 나
그 마음을 갖기까지 수많은 생각과
시간을 잃어버렸는데

의미를 부여하고 나니
의미가 사라져 버리네

그렇게 지칠 거면서
그렇게 놓아 버릴 거면서
사랑을 논하고
진심을 담았다고 할 수 있는지

순수는 끝났고 가식이 지배하니
쓰라린 아픔 뒤로
자포자기한 마음이 서 있어

텅 비어 공허한 마음을 달래도
더 깊고 깊은 심연으로
뒤도 돌아보지 않고 숨어 버리네

그깟
상처 때문에 빗장을 걸고 싶지 않지만
그 허무하고 부질없는 마음
접고 접어 처연하게 바라다만 볼 뿐이야

야화

반짝이는 햇살에는
애처롭게 고개를 떨구며
파리하게 얇은 날개옷에 숨어들다

이슬을 머금은 달빛을 품에 안고
수줍은 듯 은은하게 피어나니
슬프도록 처절한 아름다움에
애가 타는구나

너의 외로움과 쓸쓸함
너의 그리움과 안타까움이
눈가를 반짝이게 한다

어두운들 어떠하랴
우아하고 화사하게
아름답게 피어나라

감히
그 누구도 함부로 하지 못하리니
도도하게 피어나라

소용돌이

일렁이는 망설임의 바다에서
정착하지 못하고
떼쓰는 상념이여

휘어지는 바람의 숲에서
단단하지 못하고
쏟아지는 번민이여

물밀듯이 휘몰아쳐
끝내는 물거품이 되어버리는
부질없는 희망이여

절망

온화한 햇살이 어루만지며
손가락 사이로 빠져나와 서늘하고
서걱거리는 조각으로 남는다

초록의 싱그러움이
상큼한 바람에 실려 와
독약이 되어 온몸으로 퍼진다

화려하고 앙증맞은 꽃잎들은
내 질투를 먹고 비수로 꽂힌다

삶, 나는 악산 위에 있는가
넘고 넘었더니 또다시 넘으라 한다

내 위의 하늘과
내가 딛고 있는 땅이
끝도 없는 분풀이로 절망케 한다

평안, 쉬울 리가 없는

마음을 다독여 있는 힘을 다해
잔잔하게 가라앉혀 놓았다

무거운 천둥 번개 수만가닥
휘몰아치는 태풍 매서운 눈보라도

흘러가는 시간 앞에
저마다 무릎을 꿇었다

단지, 지금 내가 못 견디는 것은
그 잔잔함을 유지해야 함이다

그래서, 마음은

마음이 하라고 해서 했더니
슬픔만 남더이다

마음이 가자고 해서 갔더니
이별만 남더이다

마음이 시키는 대로 했더니
아주 잠깐 행복하더이다

눈물을 알아버린 마음은
용기를 잃어버린 마음은

사랑을 알기도 전에
미움을 보내기도 전에

모든 걸 체념하고 조용히
빗장을 채우더이다

한(恨)

누르고 눌러서 더 이상
짜낼 슬픔이 없어라

무겁고 무겁게 가라앉은
처절하리만큼
답답한 마음이어라

오랜 시간 미루어 꽉 차게
쌓인 아픔이어라

스스로 풀어내려 해도
내 것인 양 자리 잡고 있는
또 하나의 나이어라

소설

첫눈을 데리고 온다더니

그 사람을 데리고 올 줄 알았더니

첫눈도 그 사람도 오지 않았지

뜻대로 되지 않음을 슬퍼하지 마

삶이 그렇게 쉬울 리 없으니

하루하루가

몰라도 너무 모르는 세상
달라도 너무 다른 온도들

반백이 넘었는데도
어렵기만 한 세상

부모도 형제도 자식도
어렵고 어려운 굴레일 뿐

내 맘 같지 않아
안타까운 관계들

두 팔 벌려 가슴으로 안아도
허리 뒤로 빠져나가는 인연들

마음 편하게 하루를 넘기기가
이리 힘들 줄은

내려놓고 내려놓아도
살아간다는 것은
많은 짐을 등 뒤에 얹는 것

주홍 글씨

사랑하는 그 마음은 절대
지워지지 않는 낙인이더라

어쩌다가 시시때때로 찾아든
감정의 응어리들이 헤매고 헤매다가
결국에는 여린 마음속에 숨어들어

온몸을 태워 뜨거워진 화염 위에
불도장을 찍어 영원히
나를 가둬버리는 것이더라

표현하지 말아야 할
드러나지 않아야 할
그 가슴 아프고 쓰라린 낙인은

울부 짖으며 가슴을 쳐대어
퍼렇게 얼룩진 심장을 긁고 할퀴어
뚝뚝 붉은 꽃송이가 끝없이 떨어져도
절대로 지워지지 않으리라

그 누구를 탓하랴

자존심이 바닥으로
곤두박질치던 초라함도
아름답고 멋있어 보였던 화려함노
세상을 다 얻은 것만 같았던 행복함도
죽을 만큼 힘이 들던 뼈아픈 고통도

다 나의 몫이더라

안타깝고 열정적이었던 사랑은
눈물이라는 가면을 쓰고 스스로를 옭아매
심장 가장 깊숙한 곳에 적나라하게
찍혀버리는 불멸의 주홍 글씨 이더라

다 나의 삶이더라

내려놓는다고 편한 것은 아니더라

내려놓기가 그렇게 힘들더라
부질없는 책임감으로
속이 시뻘겋게 타들어 가도
참고 또 참았더라

하나를 내려놓으니
봇물 터지듯 한꺼번에
많은 것들이 쏟아져 내려
서럽고 안타깝기만 하더라

절대
내려놓으면 안 되는 것들이 있어
나를 지탱해 주니
놓아야만 편한 것은 아니더라

가을이 툭 하고 떨어지다

아련하게 파장을 그리며
가을이 툭 하고 떨어지다

익숙했던 쓸쓸함이 밀려오더니
그리움이란 바다를 반든다

저 깊은 곳에 숨어있던 그것들이
한 조각 두 조각 마음을 두드린다

그 조각들에 갇힐까 봐
서둘러 밀어내다

마음이 단단히 빗장을 채운다
다시 아프기 싫음이다

삶이 이리도 서러울까

한 손에는
행복의 옷자락을 잡고

또 한 손에
눈물의 옷자락을 잡고는

서로 저울질하며
그 어느 것도 놓지 못해

부질없는 희망에
무너지는 마음

삶이 이리도 서러울까

틈

아무것도 아니라 했다
다 이해하고 넘어간다 했다

틈이 생긴 줄 모르고
점점 벌어지는 줄 모르고

사랑에 기대어
인내하며 엮어 보지만
이미 퇴색해진 그 이름으로는
유지하기가 어렵더라

어떻게 그곳을 메꿔야 할까
우리에게 틈 하나 좁힐
그 무엇이라도 남아 있을까

그저 부질없고 부질없음에
심장이 아파온다

망각

조각조각 어긋나 있는 기억의 파편들
가끔 그 뾰족함이 가슴을 콕콕
찌를 때가 있습니다

어리숙하고 묵묵하게 살면서
견뎠던 그 세월이 왜
기억이라는 화살이 되어 돌아와
억울하고 서럽게만 느껴지는지

좋았던 그림도 있었을 텐데
그것들은 슬픈 조각들에 밀려
어딘가에 숨어 버리고

오늘을 살기도 벅차
어제를 놓아버리고
내일은 생각하기도 싫었는데

그렇게
현실의 오늘을 살기도 힘든 나는
기억인 과거에 있을 수도 없고

희망이라는 허울의 내일만
바라볼 수도 없습니다

하지만
기억들은 눈물로
나를 일깨워 자극하고
희망이라는 것이 가끔
나를 미소짓게 하니
현실이라는 오늘을 함부로 할 수 없고

내 삶의 대부분이 망각으로
끝난다고 하더라도
두 손을 놓아 버릴 수 없음입니다

신이 내린 축복중의 하나가
망각이라니
내가 온전함은 여기에 있음입니다

들여다보자

너의 마음을 들여다보자 정말
진심 인가 사랑하는가 거짓이 없는가

나의 마음을 들여다보자 나는
진심 인가 사랑하는가 거짓이 없는가

눈물과 마음으로 호소 한들
이미 식어버린 너를
이미 차가워진 나를

다시 뜨겁게 불태울 수 있는가
다시 용서할 수 있는가
다시 사랑할 수 있는가

심장이 아파 가슴을 쥐어뜯은들
우리가 다시
서로의 눈을 마주 볼 수 있을까

너는 나를 나는 너를
다시 한번 들여다보자

박제

뭔가로 단단하게 고정되어
박제되어 살고 있는

영혼 없이 텅 빈 가죽만 남아
오도 가도 못한 채 한 곳만 바라보는

흐려진 눈으로
굳게 다물어진 입으로
소리 없이 닫힌 귀로

무엇을 할 수 있을까

영혼 없는 육신이 불쌍한 건지
육신 없는 영혼이 불쌍한 건지

한 번쯤은

청량한 한 줌의 숨을 가질 수 있으려나
찬란한 한 줄기 빛을 품어 볼 수 있으려나

들꽃

척박한 틈에서
어쩜 그리 화사한가
좋은 곳도 많은데

누가 거기에 자리
잡으라 하였나

뿌리가 보이고
줄기가 휘어져도
제자리인 듯 버티고 있구나

그렇게
그 고통 감내하며
고고하고 소박하게

너는 슬픈 듯
빛나고 있구나

각자의 나라

서로 다른 언어로 이야기한다
서로 원하는 것이 달랐나 보다

아무리 정성을 쏟았어도
그건 내 생각일 뿐이었다

노력하고 사랑했다지만
그건 네 착각일 뿐이었다

이해가 지나쳐 오해가 됐나 보다
서로 자신의 희생을 내세우며
서운해하는 너와 나

우리는
서로 각자의 나라에서 살고 있나 보다

안타까운 삶의 뒤안길에서

공허하게 앞으로만 걷던 나는
문득 뒤를 보게 되었다
한 번도 본 적 없는 무수한 발자국들

내려다보니
조그만 발은 온통 상처투성이
깊은 곳에서 올라오는 씁쓸한 탄식

가끔 보이는
저 수줍은 꽃잎들은 무엇일까

아무 생각 없이
멋대로 살아버린 이십 대일까
나의 아이들과 행복했던 삼십 대일까

도무지 알 수 없는
저 거친 발자국들은 무엇일까

총기를 잃어가는 머리와
모든 것이 희미해져가는 마음과
둔해진 몸뚱이를 보니

벌을 받고 있나 보다
스스로를 대충 생각한
삶으로부터 도망치려 한

상처 주기도 싫고 받기도 싫었지만
결국은 주고받고를 반복한
안타깝고도 질긴 삶에 대해

스스로도 감당이 안 되는
뒤안길에서 엉망으로 그려진
그 발자국들을 눈물로 바라볼 뿐이다

누구 하나 나를 토닥일 이 없으니
애틋한 나를 위해 이제는
저 거친 길 위에서 벗어나고자 한다

심술

저 꼬인 나무들과
넝쿨로 뻗어간 잔가지들은
멋있기라도 하지

나의 꼬이고 꼬인 심사는 참으로
볼품없고 부끄러워

어른이잖아
숨길 줄도 알아야지
있는 대로 다 펴내면
허무한 그 속은 어쩔래

저 꼬인 나무들은
푸른 잎사귀가 감춰 줄 텐데
저 제멋대로인 넝쿨들은
예쁜 꽃잎들이 덮어 줄 텐데

나의 꼬이고 꼬인 이 못된 마

잉여인간

생각과 생각이
엉키고 엉킨 실뭉치처럼
머릿속을 복잡하게 어지럽힌다

생각만 하느라
몸뚱이는 움직일 줄을 모르고
멍하니 어딘가에 시선을 던질 뿐이다

머리 따로 몸 따로 마음 따로
그저 아무 의미 없이 매일매일을
시간에 굴복하고 삶에 굴복한 채로

아무도 알아주지 않는
무채색의 잉여인간으로
이 공간 저 공간에 소리 없이 숨어든다

잠시 기다려주길

삶이 잠시 나를 기다려줬으면 합니다

백 미터 질주하듯
하루를 쉬지 않고 달렸습니다
가끔 뒤돌아 생각해 보면 무엇을 위해
그리했는지 허무하기도 합니다

몸이 아프다 아우성이고
정신도 흐려져
반짝이던 눈빛도 빛을 잃어갑니다
만사 지치고 모든 것이 귀찮아집니다

정말 조금만 참아 주기를
흐트러진 내 모양새 아주 잠시
매만질 시간이 주어주길
감히 내 고달픈 삶에게 바라봅니다

내가 바란 건

저 끝자락에 내가 있는 듯
두 주먹으로 가슴을 두들겨 보지만
단단히 채워진 빗장 같다

시간은 멍한 모습의 나를 이끌어
물속같은 무중력의 한가운데로 가둔다

숨을 쉬어야 하는데
빈 몸뚱이만 있는 듯 폐는 이미
커다란 풍선처럼 부풀어 올랐다

크게 숨을 한번 쉬고 싶었는데
어찌해야 될지 몰라 허둥대다가
그대로 가라앉아 버린다

단지 그토록 바란 건 숨을 크게 한번
내뱉고 싶었을 뿐이었다

파도

마디마디 비명을 지르며
달려오더니 산산이 부딪혀
흩뿌려진다

내가 언제 거기에 있었냐는 듯
뻔한 속을 보이며
투명한 이슬처럼 사라져간다

긴 인고의 시간
더 단단해져 커다랗게 몰려와서는
하얀 안개처럼 높이 나를 넘어 버린다

다 거기서 거기

보는 눈과 느낌과 감정은
거의 비슷하더라 다만 내가 얼마나
그 공감대에 다다를 수 있느냐가 문제지

그만한 경험치가 당신에게 있는가
얼마만큼의 포괄적인 생각을 갖고 있는가

똑같은 상황에
어떤 이는 갈채를 보내고
어떤 이는 얼굴을 돌린다

내 생각과 다르다고 지적하면 뭐하나
그냥 삶의 방향이 다를 뿐이다
서운해하지도 말고 척을 두지도 말자

나를 다 좋아하지도 않고
나를 다 싫어하지도 않으니

다 공감할 필요도 밀어낼 필요도 없다
순간순간 내 감정과 느낌과 생각에
충실하면 그만이니

하얀 밤이 지나간다

형체를 가늠할 수 없는 검은 꽃잎들이
여기저기 흩어지며 어슴푸레한
빛을 머금고 내 언저리를 헤맨다

깊이를 알 수 없는 붉은 꽃잎들이
그 뜨거움과 뒤엉켜 소용돌이치니
바스락거리며 떨어지는 한숨이
잔잔하게 가라앉길 기다린다

은은하게 다가오는 은빛 꽃잎들은
시린 눈가를 더 촉촉하게 만들며
휑한 마음을 공허하게 가둔다

그저 하나였을 이 꽃잎들은
스스로 옷을 갈아입으며
내 마음을 쥐고 그렇게 흔든다

순수한 밝은 빛이 이슬처럼
영롱하게 흩날리며 서서히 물들어 간다
나를 제외한 모든 것들이

가을의 잔상

푸르렀던 싱그러움이
우아함으로 부드러워졌는데

내 속 저 깊은 곳에서의
고뇌와 아픔들은
조각조각 생채기를 만들며

마음껏 뻗어도 닿지 않는
허공을 헤맨다

내 좁은 시야로 보이는 가을은
울컥 뱉어내는 슬픔 뒤로
외로움 삼켜 물고
흩날리며 비상한다

사이렌

사이렌이 울린다
다시 아픔이 반복됨에
다시 상처가 아물기도 전에 덧남에
다시 눈물로 밤을 새우며 지쳐감에

역시나
다 거기서 거기에의 실망
다 내 맘 같지 않음의 아픔
다 이기적인 이해의 오해

점점 무겁게 가라앉는 생각이
점점 힘들게 지쳐가는 마음이
경고를 보낸다

견딜 것인가 떠날 것인가
어떤 선택이 되든
상처가 될 것이다

비 오는 날이 좋을 때도 있었어

언제부터인지
비 오는 날이 두려워

마음은 저 바닥 깊은 곳으로 가라앉고
스산함이 온몸을 휘감으며 맴돌아

투명한 구슬들이 쏟아져 내리지만
내 속에는 붉은 바람 같은 것이 휘몰아쳐

비 오는 날이면
꼼짝없이 이불 속에 갇혀

숨죽이며 터져 나오는 슬픔에
눈을 감아버려

기어이 아픔 한 알을 삼키고는
무사히 내일이 오기를 기다려

그렇게 비몽사몽 하루를 견뎌

4부
삶

여백에 삶을 그리다

가치가 없어져 혼란스러웠던 믿음은
다시한번 손을 내밀어 보는 용기였더라
-언제나 행복임을 중에서

여백에 삶을 그리다

비로소 진실한 너를 보게 되었다
기하학 적으로 뻗어간 자태
우아함의 극치다

수묵화 같은 겉모습도 아름답지만
그 속은 더 진실하구나

그런 내면을 만들어 내느라
그 누구도 알아주지 않을 혹독함으로
인내하고 다지면서
희망의 하얀 꽃피웠으리라

장애물 걷어낸 그 넓은 여백에
생각의 선을 그어라
마음의 집을 지어라

동굴 같은 가슴 비운 광활한 대지에
너와 나 우리들의 파란 꿈을 캐고
표표히 피어날 희망을 줍는
음표 같은 생을 그려라

마리포사

형형색색 화사하기도 하지
소박하고 평범하다고 해도 아름다워
너의 독특함에 매료되는구나

우아한 두 날개 활짝 펴고
온 세상을 내 것인 양
유유히 휘감고 다니니
그보다 더 좋을 수는 없을거야

너희에게 사람의 영혼이 깃든다지
수많은 영혼이 물들어, 그렇게
눈이 부시도록 아름다운가
그 슬픔과 기쁨이 날개 위에
멋진 그림을 그리누나

장자의 호접몽이라면
더할 나위 없겠지만

꼭, 무엇이 되어야 한다면
한 번쯤은 네가 되어서
세상 한번 훨훨 날아보고 싶구나

* 주석: 마리포사 - 스웨덴 어로 나비

그 남자

비 오는 날이면
모자를 더 깊숙이 눌러쓰고
쓰디쓴 한 잔의 술로 울음 삼킨다

벗어버릴 수 없는 삶의 무게와
책임감이 어깨를 짓누른다

하고 싶은 것도 많은데
지금 해야 할 일이 산더미 같은 현실에
자신을 놓아버린다

가끔은 웃고 그리움도 있지만
금방 자신의 처지를 깨닫곤 허무해진다

이런 것이 내 삶이지 되뇌며
언젠가는 편한 날이 있을 거야 다독이며
덤덤히 신발 끈을 다시 고쳐맨다

그 여자

드라마의 슬픈 상황이 자신인 양
감정이입되어 목놓아 울음 운다

지나가는 멋진 계절과
흘러가는 시간들을 뒤로하고
자신도 버려둔 채 희생으로 살아간다

볼품 없어진 자신을 보며
안타까움과 연민으로 한숨짓는다

누르고 눌러버린 마음은
고치지 못하는 병이 되어
평생 가슴앓이 한다

가끔은 희미하게 짓는 미소가
누군가를 설레게 한다는 것이 기쁘다

나란 존재가 없어진 삶 속에서도
여리고 여린 소녀 같은 순수함 있어
찬란하게 파란 하늘 한번 올려다본다

간절함

물속에서 달을 건져 올리려 했을까
뜨거운 태양을 가슴에 품으려 했을까
공기 한 줌 움켜쥐고 싶었을까

허울을 좇느라 온몸이
열병처럼 들뜬 채 소리쳐도

모른 척 무시하고 애써 뿌리치며
혹사한 대가를 혹독하게 치른다

풀 한 포기에도 하소연할 수 없는 서러움
스스로를 놔 버릴 수도 없는 안타까움

손을 뻗어 희망과 용기를 잡고 싶어
외로움이 함께하겠지만

그 외로운 연기도
언젠가는 구름 위로 오를 날 있으려니

어쩌면
물속의 달을 건져 올릴 수도 있을 테니

나의 아틀리에

내 눈물을 먹고
내 기쁨을 담아

산고의 진통에서
태어난 나의 세계

글로 쓰는 그림으로
온전히 그곳에 담기다

나를 갈무리 하다

눈을 뜨는 아침은
어느새 붉게 물드는 석양을 보게 되고
덧없이 보낸 시간들을 후회하게 되며
그렇게 나이만 한 살 더 먹음에
안타까움과 한숨만 내쉬게 되지

희로애락으로 나를 흔들었던 하루와
뭔가를 위하여 발버둥치게 하며
삼라만사를 구별하게 했던 한 달

한 번밖에 없는 상황들도 만나고
뭔가 큼직하게 짜 놓은 각본으로
나를 떠밀기도 하였으며
때론 뜻대로 되지 않아
쓴 울음을 삼키기도 했던 일년이라는 틀

돌아보니
아무것도 아닌 게 아니었어
한 번도 같은 하루가 달이 없었다는
원했던 원치 않았던 함께 공존했다는 것

적어도 나는
발전하고 있었음을
인생에 대해 철들고 있었음을
한 번쯤은 행복해지기 위해 노력했음을
책임감에 내 어깨를 맡기고 힘들어했음을

내가 중년이 되고
내 아이들이 성년이 되었으며
내 부모가 이 세상에 안 계시게 되었으니
세월은 나를 이쯤 어딘가에 놓아두고
그렇게 빨리 가버렸을까

여기까지 살아내느라
지금까지 버티느라 애썼다
스스로를 기특하고 대견하게 여기며
토닥토닥 가만히 작은 숨을 토해 본다

이렇게 철이 들어가나 보다
이렇게 나이 들어가나 보다

의지, 의식의 흐름 앞에

시간은 날 키워 성숙시켰다
여기며 기특하게 생각하겠지만
난 아직 제자리인 거 같다

마음이 깊어져 모든 것을
이해하고 배려하는 줄 알았지만
난 아직 약하고 여린 마음이다

세상이 실망과 아픔을 이불처럼 덮어도
어른이 된 것처럼 행동하지만
난 아직 부족한 어린아이 같다

가끔은 텅 빈 눈빛과 허약한 육체와
공허한 마음이
나를 지배하며 힘들게 하겠지만

그럼에도 포기하지 않은 내가 있어
희망과 용기로 방황하는 두 발을 들어
앞으로 나아가길 바란다

인생

흐트러진 꽃잎 속에
사랑이 숨어 있었다네

푸르른 그곳 생기 있는 곳에
청춘이 날개 펴고 있었다네

붉게 물든 낙엽들 속에
치열하게 살아온 내 삶이 있었다네

석양이 아름답다 하니
황혼에 접어 들음이요

올 때는 봄꿈처럼 왔다가
갈 때는 아침 구름처럼 흔적도 없어

깊은 밤 찾아와 날 밝자 떠나네

돌아보니 안타까움에 눈물짓고
저만치서 어여오라 손짓하네

언제나 그랬던 것처럼 삶은

별것 아니었다

그렇게
숨 막히게 걱정하고 고민하고
서글프고 힘들게만 여기기에는

너무 어려운 일이었다

그렇게
단순하게 생각 없이 시간을 보내고
아무런 대책 없이 별것 아닌 것처럼
여기기에는

삶은 그런 것 같다

어떤 방향으로 생각할지가 문제다
뜻대로 되지 않을 때가 있고
쉽게 풀려 버릴 때가 있는 것처럼
알 수 없는 것이다

그저 오늘을 열심히 사는 것이다
언제나 그랬던 것처럼

방황하는 낙엽 한 잎

바짝 마른 몸뚱이
서걱거리며 어디로 가고 있는 건지

빛 좋은 시절 다 보내고
눈발 흩날리듯 어디로 가고 있는 건지

반겨줄 이 하나도 없을 텐데
야윈 몸 이끌고 어디로 가고 있는 건지

부디 편한 곳에 안착하여
모든 시름 내려놓고 따스함 맞이하길

이불 동굴

따스하고 온화한 자궁 속 같은
그녀의 피와 살로 연명하던
절대 나와서는 안 되었던

순수한 본능이 꿈틀대고
실오라기 하나 없는 민낯의
안락한 나의 궁전

그 그리움 때문일까
삶의 처음과 끝으로 통하는
이곳에서 헤어 나오지 못함은

갈대

절대 꺾어지지 않는다 나는
희어져 문드러지더라도
갈기갈기 찢기더라도

누가 나를 강하다 하였는가
휘청휘청 여리디여린 나를

누가 나를 흔들린다 흉보는가
세차게 퍼붓는 비바람에도
칼날처럼 훑고 가는 눈보라에도
꿋꿋하게 버티는 나를

누가 나를 퇴색했다 말하는가
오롯이 뜨거운 열정으로
서릿발 하얗게 쏟아져도
하얀 눈물 쏟으며 기다리는 나를

나의 흔들림을 퇴색함을
함부로 논하지 말라

누구보다 강하고 우아하니
절대 꺾어지지 않는다 나는

찰나와 순간

우리의 삶은
찰나와 순간의 속삭임이야
둘은 최고의 파트너이기도 하지
그 많은 찰나와 순간은 어디로 갔을까

열정적이었던 사랑도
가슴 치며 통곡했던 이별도
순간적인 찰나일 뿐

행복했든 힘들었든
찰나의 모든 순간이
추억으로 떠나고 있어

찰나와 순간을 놓치지 마
숨 가쁜 삶에서 나를 만들어 주는
이들을 소중하게 여겨야 해

찰나의 시간과 순간의 모든 것들이
나를 위해 존재하고
나를 위해 희생하고
나를 위해 인내하지

찰나의 기쁨이든
순간의 아픔이든
찰나의 사랑이든
순간의 이별이든

다 추억 저 한켠으로 떠나
그러니 아파하지 말고 슬퍼하지 말고

이 순간의 행복과
찰나의 기쁨을 누려
그것이 찰나와 순간을 위한
당신이 할 수 있는 최고의 배려야

코스모스

하늘하늘 수줍은 듯
너를 닮았을 때도 있었지

밟아도 다시 피어나는
들꽃처럼
그렇게 살아가고 있지만

한 번 더
살아내야 한다면

낭창낭창
바람에 몸을 맡기는
너를 닮아
살아가고 싶구나

언제나 행복임을

그렇게
찾아 헤매고 다녔던 희망은
언제나 나와 함께 있었더라

내 삶에
희미하게 있었던 기쁨은
슬픔 속에서도 항상 빛나고 있었더라

가치가 없어져
혼란스러웠던 믿음은
다시 한번 손을 내밀어 보는 용기였더라

평생 눈물의
굴레인 줄 알았던 사랑은
나를 이끌고 가는 힘이었더라

언제나 그렇게 나는
행복 속에 있었더라

선택

이랬든
저랬든
어쨌든

핑계와 변명의 여지가 없는
과거의 삶이 오늘의 당신을
만들어 놓은 것입니다

행복하든
불행하든
답답하든

어쩔 수 없는 상황이라도
당신이 있는 자리는 오늘입니다

캄캄하든
막막하든
희망적이든

앞이 보이지 않는 미래도
당신이 감당해야 할 몫입니다

과거에 있을 것인가
현재에 있을 것인가
미래에 있을 것인가

선택은 당신의 삶입니다

저 문 넘어에는

함께하는 시간을 뒤로하고
약속이나 한 듯
혼자만의 세계로 들어가서는
문을 닫고 마음을 닫는다

선뜻 열어보기가 조심스러워
저 문 너머 그들의 민낯을
볼 용기가 없다

어쩌다 그들의 세계에
발을 디디는 순간
날카롭게 부딪히는 예민한 시선들

불편함과 부담스러움이
벽을 만드니 쓰려오는 가슴을 움켜지고
안타까움에 어쩔 줄 모르는 우리이다

저 문 너머에는 그들만의
비밀이 존재한다

순간에 충실하자

파랗게 눈부시게 빛나는
하늘을 본 지가 언제인가

통통 튀던 그 자체로도
화사했던 나를
기억이나 할 수 있나

모든 것은 순식간에
이뤄지고 사라진다

화살같은 시간들을
순간에 충실하여
허투루 쓰지 말자

과거가 자랑스러워지고
미래가 꿈으로 채워지고
현재가 만족스러울 테니

그 어느 것 하나 놓치지 말자

지나친 것은 부족함만 못하니

멋들어져 보였는데
그림처럼 펼쳐진 그 앙상함들

속속들이 다
보인 것에 부끄러웠나

푸르름으로 제 몸 감추기에
여념이 없구나
딱 여기까지만 하자

더 우거지고 빈틈없이 채워도
답답하고 힘들더라

좀 바람이 통할 수 있게
햇살이 골고루 어루만질 수 있게
여유를 남겨 두렴

앙상하게 있었던
겨울의 네가 솔직해 보여서
차라리 좋았다

도전

탯줄을 끊은 그 순간부터

삶이 던져준 숙제

반드시 이루고 싶은

간절함으로

나를 일으켜 세우는

열정이다

봄

따스한 바람이
코언저리를 맴도는데
너는 어디니

뼈마디 에리는 시절 다 갔는데
너는 어디니

나른하게 퍼지는 너의 느낌이
안개같이 일어나는 아지랑이가

싫지 않은 설렘으로 다가와
메마른 마음에 오아시스가 되었어

짧게 스치지 말고
오래 머물다 가렴

다 때가 있느니

다 때가 있느니
계절도 자연의 이치에 순응하며
꽃피우고 낙엽 지고 새싹을 틔우지

그들도 때를 기다리는 것이니
묵묵히 기다리노라면 어느덧 우리 앞에
커다란 감동을 안겨줄 터이다

다 때가 있다는데
시리다 시린 하얀 겨울도 견디고
타들어 갈 듯한 여름도 보냈으니

천지의 나뭇가지에
연둣빛 생명이 잉태하듯
청초하게 수줍은 듯 터지는
연분홍 꽃망울처럼

찬란하게 터져 빛나기를
기다리고 기다린다
그때를

살다보면

살다 보면 저절로 깨닫게 되는 것이 있고
살아봐도 모르는 것이 있습니다

많은 것을 안다고 자부하지만
많은 것이 나를 비껴가기도 합니다

노력하지 않아도 얻어지는 것이 있고
죽을힘을 다해도 내 것이 아닌 것이 있습니다

시간은 나를 지켜줄 때가 있고
절망을 한 아름 안겨주기도 합니다

살다 보면 다 알아도 모른 척해야 하고
몰라도 아는 척해야 합니다

가끔은 공평하지 않다 불평하지만
가끔은 공평한 것 같기도 합니다

그 안에서 평범한 나로 살기를 희망합니다

들어주는 배려

겪어보지 않았으면 함부로
말하지 말아야 합니다

객관적인 이해를 바라는 것이 아닙니다
주관적인 조언을 바라는 것이 아닙니다

공감이 가는 상황이라도
이해되지 않음이라도
들어주고 또 들어주십시오

겪었다 하더라도 당신과는 다름입니다
그저 말없이 끄덕이고
토닥이며 안아주십시오

천 마디의 말을 들은 것보다
몇 바가지 눈물을 쏟아내는 것보다
들어주는 배려가
크나큰 위안이 될 것이니

불 볕

그렇게 아팠는가

그대의 고통 속에서
품어져 나오는 한숨이
모든 걸 녹이고 있어

열정으로 치달아 쏟아진
그 열기도 감당하기 어려워

쏟고 쏟아서 모든 걸 태워
하얀 잿더미로 만들어 놓은들
그대의 속만 더 타들어 갈 텐데

이제 그만 멈추기를
만신창이가 되어버린
그 빨갛다 못해 검게 타버린 속을
어루만져 다독여 주고 싶어

살아내는 거 살아간다는 거
녹록지 않다는 거
삶이 다 그런 거 아니겠는가

유월의 언약

기다리라 한다

투명한 치맛자락
바람에 날리는
열정과 싱그러움을 줄 테니

긴 머리 틀어 올리면
새하얀 목덜미 뜨거운 햇살에
눈부시게 빛이 날 테니

그저 뜨거움만이 아닌
한땀 한땀 땀방울의 소중함을
일깨워 줄 테니

짙은 푸르름과
오색찬란한 꽃잎들로
너의 마음을 채워줄 테니

유월이
기다리라고 한다

여백에 삶을 그리다

초판 발행 2024년 12월 8일
지은이 한현희
펴낸이 이민숙
펴낸곳 오선문예
등록번호 제 2024000028호
주소 서울시 강동구 양재대로
전화 010-3750-1220
이메일 minsook09@naver.com

ISBN 979-11-988410-3-2
값 12,000원